ZHOUYAPING

在公众

In public

周亚平 著

江苏凤凰文艺出版社
JIANGSU PHOENIX LITERATURE AND ART PUBLISHING, LTD

目　录

Z

安学蓉，或者安玩美

小安在我心目中已是一个大大的封面，敞着脖子，眼睛藏在乱发中。

小安，1964 年生人，就职于成都市第四精神病院。小安说，我喜欢周亚平的诗，因为周亚平的诗最不像诗。安小姐对同道最苛刻的批评并不超过你干吗写那么好嘛这一尺度。小安

在我心目中不是病友，她是院长。

把这首烂诗给庞德

我的确孤独
孤独到死如果是惩罚
3 个死也不够

没有光的时候想光
把脸颊迎上去仿佛迎向天上的雷声

实际上是为了等雨点

光一截截下来
用完了眼睛用肌肉
用完了胸脯用脚踝
地上积起的一摊光，如粉尘般

一吹就会飞走

我小心地合着我的脚步
旋着我的腰肢，不让未来
在今夜破产

庞德啊。。

把自己包装成坦克一样，就不打算恋爱了

我们穿着盛装
匍匐在地上
地上有一些刺猬
红色的刺猬
黑色的刺猬
不同颜色的刺猬
我把自己和她
也打扮成两只刺猬
我们聆听着什么
我们伺机干点坏事
她的裙子脏得
已经不堪入目
性别对她来说也
已不在乎

白沙泉

有个女孩儿为了扮酷我想
她是为了扮酷她把整个身体画满了
水浪、树枝和云彩

水浪是在下面的
树枝在中间
当然云彩就在上面了

女孩儿成了一个瓶
她皮肤的部分成了一个外套
冬天到的时候女孩儿结成冰了

但是渐渐地她越长越高
比原来的她自己也高出了
两倍。许多人

现在要高高地伸长手
才能摸到她的
肚皮。

白沙泉 2

还是这个女孩儿为了装大人我想
她是为了装大人她决定
要做一次冥想

她的冥想没有目的她只提出
一个要求，要求要花六个月以上的
时间来冥想

大人们百思不得其解想想也是
可怕的。六个月可能花儿也开了好几批了
不信没有不枯萎的

然而人们只能让她冥想
她冥想时水都泼不醒她
有人试过

后来人们又试了一招当把水
调成仙水后再泼她
她就醒了。

北岛背过的女孩

Ⅰ

木头很老
玛雅闻了一下
还是觉得
“它很香。”

Ⅱ

木房子
起火。

水管上的小人
在冬天里坚持了很久

Ⅲ

藏在阁楼里的猫
它看着大街上

敦厚的玛雅

它羡慕她的伟大。

Ⅳ

一个小车站
一间老车厢
一个酗酒的人

车站因为孤独
而不被废弃。

Ⅴ

木建筑深处
透光的窗，
其中悬挂的人
已被绞死一百年。

而我和玛雅
只站了一分钟

Ⅵ

南方的女人
在鱼市上
像飞翔的海鸟。

她们拉下的鸟粪
城管也不管。

Ⅶ

卑尔根
巨大的卫生筒纸
我们只想象了它
擦屁股的样子。

但是我和玛雅想
谁有这样
“巨大的屁股呢？”

北京啊，北京

我尝试记录
北京大雪的景象
是从个别的经验出发
还是书写宏大的文章
雪下得真的很大
铺天盖地
我先看到铺天
尔后看到盖地
我在二十层楼高
看到雪花悠扬
总是往上飘
继而我联想到
四十层楼高
六十层楼高
他们看到的雪
大概是从我这儿
飘上去的（英姿飒爽）
北京啊北京
你在人民脑海中
已经形成深刻的记忆
一是红旗呼啦啦地飘
二是黄沙呼啦啦地飘

三是白雪呼啦啦地飘
白雪如此之绵
如此之软
比黄沙要好
我的朋友发来短信
她积极评价
北京大雪的景象
呼吁世界阴阳和谐
北京啊北京
四是剩女呼啦啦地飘

被标志

三个女子大小不等被画在画上。

我在画前，也就是说
三个女子站在我的身后。

我还没有转身，就有一只
胳膊扼住了我的咽喉。我似乎明白
扼制我的是什么人

我并非想告诉你，扼制我的是
三个女子中的一个女子

不是。

笨拙的飞行，我郁闷

消费主义横行，而我们必须“拥有它”，这也是我诗歌的观点
此刻，我的后座，一个操持唐山口音的女人，硕大、结实
她的声音已经撑满了半架飞机，她和我一样，即将飞到彩云之南
在瑞丽，她会用掉更多的空气、更多玉

我“同意”。如是，她能够化成美人鱼，则更好。

表情的为难

事实上（事实上有多讨厌使用事实上）我喜欢装着的、
　进入
表演状态的人们，因为我一会儿就能见着他们下了场
坐在一边、颓唐的样子

我也喜欢先是松散着，无所事事
上了场即像打了鸡血、豪情万丈的样子

一个女人为了展示她的饱满，她给全体的人们
赤裸了她的上身。而当

我真正感兴趣的时候
她却坐在一边，紧裹了那件肮脏的军大衣

我也不能说我不喜欢。

不　雅

落日余晖
我喜欢这个词

当然，我喜欢的是它的情景。

我想过，当这个情景出现的时候
我会骑上马、扬鞭，朝它奔去。

电线杆，斑驳图像
它们只被另一种摄影师留住了。

我飞奔，像一个女性一样腾跃着
而我夹紧的是马。

我的身上开始起着物理变化
黑发已经变成火焰
围脖、外套也已变成火焰
但却，烧不完。

这时候我还会发现
旷野的灯柱上悬挂的全部不是灯
而是果实，它们沉甸甸地悬挂了 3 层。

摄影师会洞察到我的眼神
它在睫毛中熠熠生辉，眼球
已然成为烧红的煤球

嗬，我的比喻实在太差了
但此时，奶牛也在发生变化
母猪也在发生变化，的确
旷野里的牲畜都在发生变化。

我很抱歉，我不能为你
刻意营造一切准备就绪的环境
我是一头动物，哪怕落日余晖
是一团脏脏的乱草
我也要把它吃下去

不厌其烦

死亡往往被理解为是意外的东西

如果你学会了偷窥你会看见
活着比死亡更意外。

（仿佛）多数情况下人类
还是会离开地球。

灿　烂

1

我在三亚。
我记得我来此地，已经五次。
在三亚我写过黑色的诗篇
枉费了这么蓝色的天空
海水。

2

我是一帅男
或是靓女
但终究是一头狮子、牛
我的鼻孔上
穿着银环
我假装着，深情款款地
望着
你。

3

我站在台阶下。
我止步不前。
你们会看到我
黑色的
剪影
（台阶上的灯
的确太亮）

4

（写到这里，
我知道
今晚的写作
太松懈，我必须
继续描绘）
有一女子把头颅
已经搁在
另一女子的肩头
她们的脸上
涂着黑
还有一些说不清的
脏物，但

很美

5

我吐。
白花开在幽暗的背景上
有一枚红却在左上角。
@废话杨黎　装扮成了一只
棕色的猩猩
他的怀里
抱着一堆柴禾
而那海妖
并不言语

6

诗，太高贵了
不是谁都写得来。
牛逼只有一个
其余两只是乳房。
我喜欢的诗人
像钻石
红的
绿的

紫的
深蓝的
昏黄的
我只各喜欢一个

7

把你的腿敞开
吼叫
无论你是
金发、白牙、一头熊
我们站在
大海上
向着你，已经太久

8

像@春树
像我未曾见过的
抽烟的姿态
你走过
T 型台
我不会忘记
如此华贵的

衣饰

9

站成一排。
像椅子样排开。
把五彩的
餐具
扣在脖颈上
赶着桌子
像赶着一匹马

10

我端着
罪恶
仿佛端着
一杆枪
我背倚干净的墙壁
竟发现
前方蹲着
黑色的
裸体
（我第一次看到）

11

开放吧
开放了我满身的鲜花
开放了这一只话筒。
她的眼睑
被那男子
精细地勾画,
再一次显得
那么奢华

12

“你有和陌生人上过床吗?”
“你在忽悠我。”
“我想是的!”

13

我背对着你
仍然有一丝温热
“我的天哪”

她的舌头
居然表示了
那么长长的
惊讶

14

我们比一比高低
我们相对莞尔一笑
你穿着酱紫的背心
我穿着酱紫的西服
我们的双腿
交叉
谁见过
如此刻骨铭心的
鲜红

15

她拿着
一款相机
对准了自己的阴部
她的头发
披满了半张容颜

而他的两手
垂挂着
（和女人的裙子
一样
垂挂着）

16

厌倦了。
无休无止的走动
无休无止的写作
这辆老式火车
已经成了道具
它的前灯
照耀得
大海
一片失败

17

我在三亚
流连忘返
灯光、爆竹
开放在海水上

我卑微地

向一只白鼠致敬

向厚嘴唇的女子致敬

向你衣袖上的花饰致敬

我两眼漆黑

@浅予

@某人韩东　、@布格拉风

@横 Ryan

@竖 vs

事实上，我真的喜欢阳光。

长诗也能带来挑逗

女孩儿告诉我说：

“我什么时候写长诗？”

她其实在问我你知道吗。

“不知道！”

“我在脱光了上衣的时候写长诗。”

长腿连着超短裙

我总是抑制住自己快乐的心情。霓虹灯
亮了一晚，我等到它熄灭的时候
天已经快亮了。

但天也有熄灭的时候，你睡了懒觉
没有发言的资格。

超级月亮

我工作在死鱼群中
每一条鱼都大过我
它们集中起来
就更加大于我

白茫茫一片，远处看
像条大河，也像超级月亮

“像”，是一条比喻
那么，它就必须像生姜
必须去除我浑身的腥臭

我擦擦手
两手撑于腰间
我只是想证明：
我是一条活鱼
甚至是月光中
流淌的小船
多蠢。

城　堡

有几个怪怪的美人
走在美人的队伍里

她们推着餐车走在队伍里
她们举着鲜花走在队伍里
她们提着水桶走在队伍里

她们是怪怪的美人
但是她们还是走在
美人的队伍里

澄　清

我上了飞机，就像关进了自己的笼子里。
而这笼子，将会在空中自由地飞翔。

我不愤怒。我的愤怒已化在我的鄙弃里
由此，脏物也获得生命，我愿意看到它们
灿烂的成长。

诗，在通常情况下，通常是冰冷的
写诗人，在通常情况下，通常是一些旧社会的人

我不要求看到蜂拥，所有人生在我这里
演进成了哲学，那些螳螂最逻辑，在逆光中
它们排起的长队最美丽

我看到，一个收胸吸腹的女子
她的双臂勒着皮制的手套，她把凝练的小脸
搁在白云里

穿过毒雾，就会到天堂。
天堂也有骑自行车的人、也有生动的人、也有
赤身裸体抱着鱼儿的人

甚至说，你会想到航海：我们爬上高高的桅杆

我们收起沉重的风帆，像一支十字军
在波浪中恪守传统

难得，我是理性的。对诗人的鄙弃
是我最大的鄙弃，对诗人的热爱更是我
最大的热爱。我扶耳聆听着那些鲜花、姹紫、和明亮
像双目失明者那样敏锐，我服了

那么什么样的生活是真正迷人的？
马戏团与小丑，聂鲁达和艾青，他们对生活的热爱
是否本就是迷人的生活？

在其余艺术中，又是否还有例外？ 有关
徐铮和王家卫的争论，能否归纳为
装逼犯傻与故意犯傻，实际上同属一个路径

在天上，我知道世界有多大
我曾经受到一些蛊惑，以为地球变得很小很小
朝鲜打仗的时候，仿佛还在国内
缅甸打仗的时候，却又宛若天边

不必再听朗诵了，诗歌，将像一只螳螂
纳入到美丽中。我要给她披金戴银，上“非诚勿扰”
不惜变成厉鬼莫愁妹

有一种艺术是伟大的，它澄清天宇又
澄清自我，它吹灭毒雾之时，
又脱下了自己的裤子。

从粉色到粉色哆成一片

我住在小阁楼
而且我从外面看见了
自己住在小阁楼
小阁楼的好在于它
里面有被子外面
还有更大的被子包着它

大佬到我这里翻船

如何来定义所谓的杰出人物。

我经常参加一些聚会。经常思考这些不伦不类的
问题。显然，它们不仅影响了我的脾气
还影响我着装。

比如如何来定义模特儿。她们无知、漠然，
丑得美丽。她们普遍都比普通人类长 20CM。

她们还会转圈，采取思考的形状
这就引发了我的思考。

我记得我很小的时候就会附下
庞大的身体观察蚂蚁
（蚂蚁普遍比普通人类当然
小得太多啦）

我不喜欢大佬。他们如果在中国
大概都是一些年货。

大师的身高已快接近房檐

有一些木头被匠人刻成了大师
它们被涂上黑色即表示有了灵魂
它们被刷上油彩则表示内心淳美
它们不小便只在夏天沁出些汗珠

大与小难以捉摸

有谁认真地写过指缝中的故事
指缝中的故事一定小得可怜
这样小的故事你也写（难怪）
真理总是从你的指缝中溜走

大众艺术

我看到一个女人
左手握着一瓶
矿泉水，右手在吸烟
（她的重点并不是
矿泉水。）

我又看到一个女人
她用右手高举着
一瓶矿泉水
像举着号角
她喝水的样子
有点夸张，但看上去
她的确很渴。

我再看到一个女人时
这已经是在马路上了。
一个女人扛了一个
大桶的矿泉水
她正在给自己洗澡，水积累在
她的胸脯，又越过她
维护的手掌，像瀑布样
流下来。

恶平等

少年或童年时，我比其他的人要忧郁，
但我并不觉得自己是世界的中心。

我住的街道上有一个铁匠铺，他们家三代到五代
是混乱的。最近的一代，听说
已经不能算作恶棍了

我那时还不懂得恶，他们描述的恶
似乎也不像恶。（甚至我在这儿
读到了波德莱尔，觉得好美）

我有一个幻觉，觉得离铁匠铺15M处有一个点
即宇宙的中心。其他的少年没有发现

直到现在，为什么我玩转了一圈又写诗
我喜欢在我附近打铁的那个人
是恶棍。

反 讽

我尝试着
爬到地底下去
看树的根

这场景，就是你说的横截面。
地上的树茂盛地开着
地下的树根更茂盛地开着

但我就喜欢爬到地底下去，
看走狗、看瓜牙
看木头如何互相巴结
死守着泥土

到地下，你也会看到其他的景象
地下是个木头的宫殿，宫殿里自然有：
木头人。

今天我数了数，一个、两个、三个、四个
木头人起码也有七八个。

木头人没有脸，你肯定没有想到。
他们有被白纸罩住的，

有被红布罩住的，
也有被油漆刷过的抑或
被石灰，刷过的

你看一个横截面，这是
知识分子的看法，当然就无法看到。

“那么木头人有在地下疾走的吗？”
“那么木头人有在地下飞翔的吗？”
“木头人装钢铁侠吗？”
“木头人也装蝙蝠侠吗？”

这都是些什么问题啊？
你们也爬到地下看看。

只是我先告诉你，地下有一门，半扇
已被黑紧紧封住。

反1号

我不明白，许多坏诗人
为什么攫取了那么大的声名？

“因为他利用了人民的深刻”，
有一天我终于想明白了。

想明白后我必须耐心等待
人民的肤浅。

粉红女郎

我在洗手间里走来走去。
像里尔克。像假装沉静的豹子。
实际上，是一傻逼。
绿色滴沥着，雨天、铺张的色彩
有一块黑墨撞击在它的中央。
只要说到抒情，
我便有壮怀激烈的冲动，实际上
就是一傻逼。
我出言不逊了，但它并不削弱
我的懦弱。
诗人是个什么东西，有那么多人
打着它的招牌。
我在洗手间里走来走去，
用完了洗发水、沐浴液，还有什么
精华的露。
湿漉漉的她，死盯着我
掩面的双手，装载了太多的饰物
你第一次看到，竟然有十只指头
穿满了这些腐朽的金子。
我关了灯，
这里就是一处黑屋，我想象着
为它安满木桌、木椅、木梯。

我要一小扇窗，
通往阳光。
我想爬出去。我的身上披满温暖，
尽管是夏日，
烈日炎炎。
墙上开始泛出奇迹了，
有一尾鱼，像水墨画开在白墙上
白墙它又开始泛绿，像
我之前看到的滴沥的绿色。
她把手拢向后背
拢住漆黑的发辫
仿佛质疑身体。
我在洗手间里走来走去，
我讨厌对诗歌与一切物象
的迷恋。
诗歌是害人的，
如同躺倒在地的女子
周围散落了扑克，
她的嘴里
吹出一粉红色的气泡。

丰厚生活并非一如既往

把一匹马想像成一双筷子，它在桌沿。而悬崖下的
人们远眺天上的木条，它映在一望无际的蓝天。

把一只羊想像成一把剪刀，它也走上了桌沿。有哪些
食物需要坚锐的利器，这是羊带来的谜语。何况
它是一只卷毛的。

把一条狗想像成一把勺子，它在桌边上摇摇晃晃
我从何时对狗如此怜悯。只有坐在餐桌边的
人知道。

鼓浪屿

A.　扎入沙中的白鹭。我想象
尖嘴之后的钻石。

B.　这是阴郁和惊悚之前的
厦门。我抵达海岛之时，一位闽南的孕妇
恰巧闪过渡轮的转角。她身体的前半部分
已经接近海水

C.　她时尚着，红色的头发
经过认真梳理，服帖地包裹着黄昏。

D.　没想到
它不断地下雨，直至深夜。
林氏府已经开张了 100 余年，我带来的
这根羽毛，在阴郁中她仍亮得刺眼

E.　我想看到男女相拥的姿势。
我就看到了男女相拥的姿势。
爱情镶嵌在玉上，我相信，之前是沙

F.　惊悚吗？ 我不断听到孕妇的叩门
肉体留恋在白色浴缸，已然融为一体。

主啊，它远离内陆，甩去了多少谎言。

G. 石头也能欢快地腾跃
一块、两块、三块、四块、五块、六块
它们赤脚跳过水面，双膝，顶住了
自己的胸乳。

H. 我在厦门是快乐的。我想象
尖嘴之后的钻石。我并不赞同女性诗人们
对植物与香味的描写，如是
她们的尾羽早早铺过了
江西

I. 诗歌写作，如同鸡啄米
只有一次它啄到了钻石，却并不好吃

乖艺术

有三个三角形放在许多的三角形上。

我这样说你会晕。三个三角形只有一个三角形
是箭头朝下的，也可以这么说

只有一个三角形是睡着的。

乖艺术之不乖

我玩神秘主义玩不过线条。线条
是每个设计师、艺术家、电脑爱好者
都能玩的。

话反过来说，每个设计师、艺术家、电脑爱好者
都被线条玩了。

有一根线条，围住了今天的一滩血
到半夜还挥之不去。

呵！ 写诗就写嘴！

一天当中，我会吃几个词。今天吃的
是强光、退场和追问。（而事实上

我罗列它们的这一些是毫无意义的，我也不会
再满足大家对词本身的追问。）我可以

假装欣喜了，向空中看，向树看
我用双手握紧了从上方悬挂下来的枝条
假装上面有食物，有词

而使劲往下拽。小女孩儿
羡慕我的高度，她要求剩余的那几颗。

我的手掌脏脏的，有了各种果实的颜色但以
红色的为主。有人会问却似乎您总是以黑词主打？
我也不知，纵使你眼睁睁闻嗅着白色的玫瑰
它也尽是黑光中的道具。

说话间，雾气会弥漫镜片，词
会引向深奥。我只是吃词，我自然也会
防止便秘。在夏天，吃是多么有意思的事情
我对它敬畏又亲密。

一些词，挂满了美食街，铺满了货柜
催动着人们开设饭店的愿望，我也成为吃货了
这是新时代的诗人啊！

呵！ 写诗就写嘴！
嘴必将成为最耀眼的部分。这份耀眼
我喜欢它爬回树上去，爬向空中（我甚至喜欢它

像阳具一样）爬向空中的深处
吐故纳新。

黑暗美学

我不认为你能在太阳中入眠，
我也不认为你能在月亮中入眠。
我不认为你能在太阳中做爱，
我也不认为你能在月亮中做爱。
太阳与月亮始终在寻觅不朽，
然而你每天都止于无能为力。

黑暗，它会催醒我

我又在飞机上。头等舱。
遮光板都已紧闭
这零星的几个男男女女又在
这假设的黑暗中昏昏睡去。
我读报。读北京的报纸
就读到了“4℃阳光暖，－7℃月光寒”的标题。
记者叫金煜。
短文的开头是：
“阳光让昨天稍微暖和”。
说的是北京。
而我正向北京飞去
但离昨天却越来越远。
昨天暖和了，
我联想到周看的温暖，
我的书房和墙壁的温暖。
我从一个炎热的地方飞回。
我体会不到寒冷。
我习惯在太阳中睡觉
我也习惯在太阳中做爱。
我将我头顶的射灯打开
却不是为了看书，也不再读报。
我睡觉。

我在舱内唯一的光芒四射中睡觉。

我睡得最好的时候，

空姐就会悄悄关上我头顶的射灯。

我打开。

她又关上，

当然是在我深睡的时候。

共三次。

黑白在标题中被标出

黑暗中黑暗中还是黑暗中的一条小船
月亮月亮还是一枚月亮挂在左上角
黑暗中黑暗中怎么就是两种颜色
连唯一的一枚月亮也一点都不发出蓝

有一盏灯从上照到下

虽说我去过了很多大教堂
却仿佛我一座也没去过
这个仿佛让我有些恍惚
我假装（着急着）要去超市
却提了篮子赶紧去大教堂

后　窗

乐队有个声音，声音有个尖顶
却不料它在街头。比大建筑小了许多

也暗淡许多，而这暗淡在路左
在白色之上。乐队有门，声音有补丁
没人讨厌它的简洁，它会邀约
年轻人

年轻人在海报与汽车遥相呼应。
声音是摄像头，与眼睛遥相呼应
汽车不会开走
海报也不会上升

不会上升至灰色，不会上升至海面
红色还未吃透，心脏仿佛热水中的热水
谁都在等着它开了。

半只头是美女，半只头也是美女
她们合在一起就是完整的一个
像餐桌上的水果和道具，要新鲜有新鲜
要持久有持久

音乐是个怪物，在办公室被修理
它进了洗衣机、咖啡机，还进了订书机
光头的、赤脚的，都是帅哥和靓妹

青春！ 令人感叹。
我综合了一种情绪，就会走到底。
给土豆插上红旗，给菠萝插上红旗
菠萝与土豆的结合令人期待
渴望的手臂开满全身

声音行进到眼球，收集到了长串的阳光
乐队大于整个面部了，微闭的双眼
使嘴唇开启。没有任何一种黑暗
比口腔中的黑暗更黑暗。

后　景

房间里是灰色的，墙面、地面一个颜色。
有一把椅子，还有一把椅子，是深灰色的。
比墙面的颜色深一点。

很长时间没人坐上去。

后来有了。

化装舞会

1

化妆舞会上
的老鼠
比谁的舞蹈
都舒展
这是她施展才华的
时候

2

一频道　蓝底
二频道　蓝底
三频道　蓝底
四频道　人们裹着头巾
都扮成豹子的模样

3

魔鬼行走

取走别人的蜡烛
翠鸟飞过
又取走蜡烛上的火

4

熟悉钟声的精灵
会躲在它的指针上
去往外地

5

玻璃中的童话啊
哭泣的女孩
你心中的秘密
难道已经全部输给了狗屎

6

聪明的男子
压倒在
女人身上

他试图在她肩上
吮吸出金子

7

把羊喂养成猪吧
把狗喂养成猪吧
把天鹅喂养成猪吧
人们以猪为标准
塑造了崭新的心灵

8

音乐
从来只推动自己
往黑暗里走

欢愉在性上的摇摆不定

马桶我不能开这样的玩笑但有人
还是开了这样的玩笑。

马桶被坐在秋千上一开始是尴尬的
它被荡得越来越高的时候才产生了

想看大海的愿望。

灰字刻在哥本哈根

1

骑自行车的
高个子的女人

红色的舞鞋
转遍了哥本哈根

2

多么
现实的生活

美人啊
把身体
浸泡在水里

3

在异国，看到

我们明晃晃的眼睛

她也明晃晃地
闪着泪

4

人们从鱼儿身上
学会了鞠躬
实际上，她却是
不会飞的鸟儿
她的翅膀远远
比她的尾巴
轻得多

5

灰
蓝
橙黄
橘红
灰字刻在橙黄上

6

优雅得
仿佛是一个
空灵的人
漫不经心的
仿佛是一匹
没有想法的马

傍晚了
它们转身时
比我们谁都跑得快

7

连同胡须往下生根

嘴是黑的
眼睛是白的
城市　在暗紫的夜幕中
连成一片

混合与分离

我做了一个
奇怪的梦，它的温暖
竟让我不想醒来

我手持我的头，像携带着一顶钢盔
走过了一条长廊又一条长廊

我遇见了许多熟悉的脸，他们的头
也整齐的摆放在长廊两侧的鞋架上

看上去这是一个恶梦了
决不！ 我看到的每一个人
他们都是机器的一部分
他们在休假时，才把自己的头发
弄得又多、又大、又蓬松、又灿烂

而我英俊得
就是一个哨兵
没有头颅的我的身体
有一副多么标准的衣架，我身上的
五彩缤纷和他们是匹配的

这些长廊随时化为一条河
那些鞋架就化为一条心形的项链
这些长廊随时化为一条山脊
那些鞋架就化为一条开满碎花的绸缎

噷，鞋架！
谁还能这么赞美你。你绝非
如臭砖头一样的不被重视！

哪里，又有用诗歌
记录的梦呢？
现在，我描述完了这一切
我房间里的鞋架
竟发出“嘭”的一声震天响

噷。我太迷信了。

混　淆

我喜欢在一个摄制组的状态。其实，我的小伙伴们都是一些很浅显的家伙。他们背负一些铁制的东西，无羞无躁地往人群里钻。我这就记起了许多摄制的历史，比如我们到了摩洛哥，哥们儿同样无羞无躁地往人群里钻，往祈祷的人群里钻、往一个密不透气的集体念想里钻。他们以为端着摄像头，就是一尾鲸鱼。

他们更以为打着灯，就是自己比别人多长了只眼睛。

假如我追上象征主义

唱吧。扶着话筒架。我拉我的小提琴
灯光照了灯光，又照灯光

如此陌生的语言，重又来到我身边，
你可以手擎鲜花也可以手擎烛台
更可以高举了橄榄枝

我回到闪亮处，摆了一 POSE
尔后大跨步向前，身体后倾，背景里
悬挂的导弹（竟然是导弹）它柔弱得
像一过去的纸鸢

有点意思，抒情了，这首诗就不会坏下去
阳光打下来，打在最妙处，你说你下身有彩虹了
不见得有人相信和懂

当一个诗人做一个旧社会的人多么简单
他不领薪水以为稻谷都像菠萝开在
温润的图画

“我戴两个帽子见你”，“我穿背带的裙衫”
你足够性感了，还有一副金发象征着马尾

贴上晚霞

我是一匹马，今晚只追求抒情
从灯光到灯光，我只灼伤别人，我却仍然是
音乐中结冰的音符

我矫情够了，就会抬出一具器皿
装上尸体。

检　讨

我小时候也有这样的行为：睡在稻草里。

我小时候也有这样的行为：躲在箩筐里。

我小时候也有这样的行为：妒忌。

我小时候也有这样的行为：偷窥。

外面的世界即便都已春天，但我仍然喜欢藏匿。

检讨 2

这一辈子没有遇到战争，接受的教育中
战争却最多。

战争还没来，我们却要死了。

有一个爱我们的女友说：
“放心去吧，

”我会认真洗刷你们
满脸的硝烟。

又说：“包括胸脯和其他地方的。”

接近正午的美女

这是天空的眼睫
这是眼睛的瀑布
她在渴望什么
她在等待什么
酣睡
已经完全冲毁了
她的思想

紧张关系

我在每一幅画框中都不看我自己
我的眼睛是沉默的，加之
列车已经擦过画面。我吃惊地
掩护住我的胸脯时比谁都吃惊
事实上，我没有胸脯。
你的脸也是化过妆的，我不知道
是高贵的银粉还是廉价的
垃圾货，你笑的时候
仿佛是枯树枝上开放的
花瓣。现在我已知道
写一首烂诗需要何等勇气
我不想与知识形成对抗
我是猫呀，我躲在酸菜桶里
我躲在剩米箱里，让人
看到了我的孤苦无依。
我的脸上终于有了猫的灿烂
眼睛的周围涂满了粉笔
星星、钱币，一颗颗闪耀
我不流眼泪，我噙住
我要等到春天。到时候
不要说我的头顶、天空，就是
我的小腹、下身、睾丸
也会缀满鲜花，像天堂的早晨
突然睁开了眼睛。

精神向下眼睛也向下

谁也不明白我要逃离什么？ 逃离白？
逃离白上的文字？ 小符号

像苍蝇一样，却是不动的苍蝇

无论几维，能见的只能是三面，苍蝇
在苍茫之中是动物般的人体，它赤身裸体
但毛发悚然。在岩石之下，它是鱼
像火焰尾随烧焦

人群本来面目全非，速度愈快
愈加飘移，电话是落伍的驰骋了
它的响铃是灵柩里的伸手

我虚无着。成都在眼前，白左在跳舞。
洗手间出没艺术家，灯光扮演惺忪
有一团手纸仿佛斑马跑遍了
全部的墙壁，我该

死！ 我又描绘了令人不安的景象：
我们的眼睛瞩目一处等待灾难降临，双手
团团护住废弃的食物

看小安，眼睛要多明亮有多明亮
在黑夜里的奔跑我们不用手拉手
喉结已经联系了落叶、灰土
像生殖器一样系着红绳的
透明的胶鞋。

局　限

太阳下山了

我的作业
是在一张白纸上
画了 1 根线条
又画了第 2 根线条

它最后成了一件
白色的 T 恤
一个松散的女人
穿的那种

它挂在，风中
两手整齐的摊开
她说：“来呀，来呀，”

我看不见
它的脸
因为它的头已经在
白纸之外

我用的还是 2B 的铅笔

夕阳像一绺额发
打着我的眼睛
我想了想，还是
要画下去

我从她的胸口
开始画 1 根环形的线条
又画了第 2 根环形的线条
然后，在其中
我填充了：
心、肺、胃肠
肝
和胆

她说“我喜欢，
我从没想到，它们
全部是，新鲜绽放的
花朵的形状”

我笑了笑，的确。
太阳真的、真的下山了
我只是，没有画出

滴水的
最后一个
花蕾

这件 T 恤

慢慢地，也停止了

它的摆动

绝望爱情

我处于环形之中，是蛇
我已走不出去。围观我的人群
手持了鲜花、奶酪
仿佛慰藉 1 个病号。
那么多绅士一样的人，
戴着黑色礼帽的人，
围着黑色围巾的人，
怎么那么多。
我在黑暗中，还是看见了你
你赤裸着上体，疯狂旋转着
已经撞上墙沿。
抓住，你抓住墙壁了
抓住，你抓住鸣叫的灯了，
而栅栏在我四围成长
春天的速度，尽管她
并不知道成长什么。我
仍处于环形之中，是蛇
却已变得更小，更妖，啮
在所有画面中的孤独与可怜
都已集中到了这里
爱情的遗像被供奉在
烂花铺满的桌面，只有一人
戴着墨镜，看着我
假惺惺地吟诵着绝望。

克　制

有个精神病护士对我说，
如果，真的没有了精神病
她也没办法活了
我说，这个如果
是不存在的。连对面那个
金发的女孩她都皱着眉头
鄙视你。因为我们都要你
活着。

这个女孩深邃的目光，
像外婆。她把双手覆盖在
微微隆起的小腹上，仿佛
掩起了一本大书。我有多喜欢
过去。她的漫长。

话说历史，或许她是
曾经踮起了脚尖吻你的女孩
屋子里的任何一张椅背
都要比她高、比她黑
她的屁股和她的嘴巴一样努着
你的呼吸里夹着洋葱，她说

“并不臭。”

这个女孩就是她自己。
如今装订在这本大书里的，许多页
都是白纸，她凝视了它许久
只有台灯的黑影依附着它
悄无声息

她看了看，
又看了看，直到一直
看下去。
“如果，这房子里
真的没有了精神病？”

我也拿不准，这个故事里的人物
又有她、又有我、又有她、又有你
“我也拿不准，现在这个她
会不会死？”

我，周亚平。一个不合时宜的写作者
我以为我把我的脸刷白了
她就能活下去。

空间 2

我躺下后
完全仰面朝上
我的头发长长地铺在地上
我的双腿下也衬有碳笔涂画的阴影
远远看，他们都说像流了血

浪漫不是人见人爱的事情

把诗写流畅了令我沮丧
仿佛你见过的我的嘴唇被描了红
仿佛我见过的你的眼睛被描了红
在一张浪漫的头像上有三处是红的
我很沮丧

力量先在斧柄聚集

他为什么（高举了
一把斧子而）狂喜。
他的身旁有漂亮的妹妹
身后有洁白的小屋
远处有群山山上无树木。

练　习

飞翔的鸟
它的裤子从臀部撕开
并不妨碍下面的
古典与庄严
有一些鸟嵌在天空中
有一些鸟嵌在镜框中
仰头凝望
或假寐思想
飞翔的鸟
把一条腿高高抬起
黑色的皮靴踩在黑暗的天色里
而它包裹着的紧身裤
是白色的
由于贴紧
而发着亮

灵魂的游戏

唯一保存着
古代戏剧场面的
往往是战争与集会
这里有很好的舞台戏装
女子穿戴盔甲
男子在盔甲之外
又插上了鲜红的鸡冠花
人们庄严宣誓
心里想着告别人类
却没有想好
在另一个天堂
如何安家

凌　乱

你如果真是乘风归去的话，那你就是一具
鬼魅。

而且，风还是
无色的。

流言的翻转

在乌云中
开设有
四扇窗户

第一扇
窗户中的形象已绿得发黑

第二扇
窗户中的形象已绿得发黑

第三扇
窗户中的形象 已绿得发黑

第四扇
窗户中的形象
已黑得发白

绿病毒

在一块水泥地上能不能长出一根葱
这个再常识不过的问题
有人就是不信他就是要在
一块水泥地上
长出一根葱

最后它还是长出来了。

埋 没

明确了时间终点，我就会觉得很短。
比如说上午。

（显然，晚上我更放松一些。）

昨晚，我看到父子二人
解开船缆，打渔去了
儿子还戴了副眼镜。我看着他们走远
到今晨我起床时，又看到一叶扁舟
以为还是他们。

却不是。假装的海，是洱海
我上午坐在这里，呆滞着，是一个长镜头。
我越是迎着阳光，面孔越黑。

（包括汽车、包括船。）

一切都是为单反准备的，
美女也傻瓜化了。
波浪呈现为曲线的形状
思想嵌入巨大的黑中
显得愈发之白

而臀部，端坐在
有一些淫秽在涌动，仿佛
蓝藻、纠结和泡沫。

我唤回了一点我反动的经验
我还是能够看到深沉
在 5 朵巨大的风中，我都发现
它们叼着烟，一副不屑于世的样子

（5 朵？ 是什么朵？ 一个上午
我就这样肃穆地数着）

苍山，是个少年，他的青春
仿佛荆棘，长长地披挂在他的身后。
咳，我总和你们对峙着
我不是一个人云亦云的诗人。

在高原上可以被埋没
是个多马奇怪的事情。但，就是被埋没了。

（包括渔夫，包括风。）

我的语态不是常规的，
就像现在汽笛响起，并非是在
真正的海上。

而在真正的海上，如果汽笛 3 天里也不响起，
你是否会觉得落寞？
是否会觉得不如死去？

"妈的！"这就是说
我必须像个铁饼手，我手把了
一块硕大的石头，我旋动着
旋动了大理的大风
旋动了阳光、上午和裙子，

（而我是个男人，没有裙子。）

霾之中除了一根绳索其它什么也看不见

人们在飞翔中也会遭遇困境，也就是说
并不在于他身陷其中的时候。

这就需要抛给他一根绳索。

他的自由飞翔并没有引起人们的关注，
而这根绳索却引发了围观。

秘密花园

我和一群动物居住在一起
就我一个穿得干干净净。
它们走来走去
没人嫌弃我的美丽。
远处的乌云走了，又来了
雷声被压抑着
总想在楼宇的缝隙中
寻求解放。
动物，走着
动物，走着
动物，还走着。

最后一只大的动物
侧卧在我的身旁，让我用手
抚摸它冰凉的脸

描述非导看到的景象

远处　雪和雪山
上部　雪和雪山
从左到右　雪和雪山

左边　油库和雪
　　　旋转铁梯　雪梯　雪和雪梯

右边　房舍　货车和雪　和雪　和雪
　　　货车冰凉的屁股和雪

近处　雪
近处　雪　雪人　雪
近处　枯树镶嵌的浑圆山坡　雪和雪
　　　和雪白的人体阴部
　　　被雪白镶嵌的枯树及丝绒

命运向着另一面

一朵向日葵插在柏油上
它希望获得车辆的碾压
等了三天，什么也没有

凝　神

运动对我来说充满了可追究的部分。
如果我在无色的环境中运动
我就没有了速度、节奏、公里数的感觉。
如果我运动了一个无色的女友
那也会显得抽象吗？

牛　逼

活在花中，活在死黑的花中
却不死。

花并非象征女子。没人有趣享受这闲情逸致。
第一天，女子口衔了玫瑰
第二天，女子口衔了月季
第三天，女子口衔了什么不知名的野花

而她活在花中，三天了
手里却时刻提着一杆枪

挪用，我的预谋

我的狠毒没有离开我。
两根黑色的布条
遮蔽了我的眼睛。
我不是封闭到自高自大的人
我挣扎着
把眼白留在外面。
挣扎着，不只意味着内心、手脚，
它已经到了眼白。
我的眼白开放着，
像开放的身体，
像全身开满了翅膀。

女人与马、与其他

Ⅰ

提炼着
长着漂亮臀部
像马一样的女人

马蹄发出的脆响
一个又一个
深陷在
酒店的紫色里

Ⅱ

一开始
她没有手舞足蹈
一开始
她没有痛心疾首
一开始
她没有孤注一掷
一开始

她没有破釜沉舟

而一开始
她们的眼睛　明确地
看着同一个方向

Ⅲ

与马匹奔跑

追上了一匹
一匹束着发髻的马匹

追上了两匹
两匹围着裙裾的马匹

追上了三匹
三匹昂首前进的马匹

然后马匹追你
前面的　已经看到
臀部挂满了果实的　马匹

Ⅳ

一个人
把自己刷成棕色
像马

一个人把自己
刷成黄色
像香蕉

他们打算
让香蕉
骑在马背上

Ⅴ

有些女人
要在你的身体里
慢慢的像胡须
一样长出来

你才会喜欢她

Ⅵ

美女
她在水底。

她并不要求
成为美人鱼
她奋力
表现出
一个蓬勃女人
的形象

Ⅶ

修女也疯狂……

她兴奋的时候
她的白发
一定会吹开
她的头巾和芬芳。

“哦，内心！”

我透露我的几个小秘密。

第 1，我很少睡觉。也就是说我扣去了一部分我死去的时间。

第 2，我喜欢纸，尤其喜欢飞机上的清洁袋。我没有吐过。

第 3，我还喜欢蒙娜丽莎。但她是睡着的蒙娜丽莎。

第 4，我注意 1 个关于周期蝉的表演，因为它向人们展示身边的各种运动和震动。

第 5，我进电梯时有一个期待，就是遇见豆腐。豆腐是 22 楼那只狗的名字。

好。已经透露了 5 个。
其他不说了。

哦，糟糕极了

我过多注意一些悲伤的事物
仿佛自己不让自己高兴
我从来没有想过把他那颗黑头
插在另外一颗红色的内心上
且那颗内心还被珠宝串联

飘忽不定

我想写一首飘忽不定的诗，
我不知道，是在大海写
还是在大山写，谁更加飘忽不定？
大山说："大海飘忽不定。"
大海说："你他妈从未坚定不移。"

拼　脸

拼脸。又

不想拼得太假。
取了个爱克思光效果以为就最真实。

又取了些像梦一样的人
死拼，以为就能拼出最好的
梦想。

结果是：在他们的鼻翼或眼缝间不是
飞起纸片就是流下
白奶

拼脸 2

我又玩弄了技术。被玩弄的技术是
理想主义的。

眼前就是一望远镜，它被搁置在楼顶而不是
山顶，露台上。

10 个女子披上了婚纱，除了开花的袖口外
她们头顶白云好似走着
蓝地毯。

现在她们庄严的时刻到了。从
第 1 个开始，你们必须缩小而不是
睁大了眼睛，从
望远镜望过去

第 10 个心急如焚。幸福
或许会被先排队的攫取。

拼脸 5

因一幅另一个人的肖像引发了我的
忧虑。我不知道我死后
会被人画成什么样子。

我的嘴唇不红，但有可能被画成了大红
最有可能又是大嘴像
今天的快餐。

我身上的确有香蕉，围着胸口
有一圈。

但我死前已吃到最后一根。

迫　使

我一直试图画出危险者的形象。

不是画红了
就是画黑了

不是画红了
就是画黑了

我只想画一点白的
更别说其它颜色

普通事物也能容纳超验美感

在我把诗带入乡村之前
我把对诗的解释先带入了
乡村。诗是什么我说了

你是喜欢一头猪在田野
还是喜欢晚霞啊什么的在村头
你喜欢的就是诗

当然在我我喜欢猪
猪如果长长了腿同时又
长长了鼻子多么像大象啊

而且是粉红的仿佛刚出生
可以抱在手上。喜欢晚霞的人
会骂我了：我操，你这屌人

屌人就是个诗人。我把
破坏句子的运动进行了一次
又一次，每次都不能进行到底

我的痛苦谁知道你们
都将土豆做成薯条了

我也没有把乳房做成鸡巴。

我的粗俗偶然为之，到了北京的
朗诵会上，我不掷一语。

前　景

没有人想写卫生纸。卫生纸与光、
与剑、与墙面有什么关系？

（与明暗有什么关系？　与图形有什么关系？）

没有。
没有就没有吧。

切　腹

外面刮着风，据说也有 4、5 级
偏偏我在外面走着。这是
注定的。

我压低了帽子，紧了又紧衣服
外面还是刮着风。

我想，我要去的地方不去了
这也是注定的。

我逃进一家电影院，看了
这部电影

一个日本人切了腹
我把他看成了孙悟空

我再回到善缘街时
风一丁点儿
也不刮了。

情人节

我过上了庸俗的生活，
就不能写诗。

所谓庸俗？ 就是有了一些声光电、有钱
有音乐，以及装腔作势、假逼3眼的词汇

假逼3眼？ 并不在我解读的范围内
我曾经生活在一个假逼3眼的地方
有洞穿能力的男人埋汰
装腔作势、伪造的乳房
就骂他假逼3眼

穷途末路之时，我忍不住
要怀念一些奇迹，比如
一个开放了喇叭长裙的女人
她猛然作出一个后仰
单手插入沙里

关于性的联想能力，人类已经削弱很多
一些胴体攀附于树枝之上
当黑白照耀彩色，这镜头在推拉之中
会绵延出一个世纪

我经常，不甘寂寞
试图制造神奇。

我能够把雪看作白云，却不能把云
看成白雪，我在天上飞久了
所有的沙砾、泥土
都是我的坐骑

我喜欢你想象，看我在胡说些什么？
我的脸已被揍得鼻青眼肿
你还说
这是佛

谁在我的额头上镶嵌了明珠
谁在我的头顶戴上了始终游走着气流却
怎么也不飞走的皇冠？
我被你们顶礼膜拜着，实际上
我已一空再空

饥肠辘辘，这就是我傍晚的时刻。

“我怀念抱小孩的女人，
我怀念赤身裸体抱着光屁股小孩
的女人——。”这样的男子
是诚挚的，他把自己后背的沉重

留给了黄昏

你也过上庸俗的生活了
大多数人都过上庸俗的生活了
每个人都有一个取景框
以为蓝天下金黄的权利
就是艺术

噢，因为我牛逼。
噢，因为我假逼 3 眼。

此刻，我要为你取来一只垃圾桶
我要为它装上一盏灯
我要把音乐装进去
我要把乳房装进去
我要把赤裸的女人装进去
我要把佛装进去

垃圾桶一言不发，它听着灯的指引。

缺　席

我观察世界的方法发生了一些
改变我不确定它是不是

一种疾病？　例如

我观察一只浴缸好不好
我只观察半只。

如果国家是个生活剧院

他们是一对儿，淫乱着。
他把糖果送到她的嘴里，
她把口哨吹到他的眼里，
哪管小鸡雏儿、鹦鹉、孔雀在天空
排成一队，小孩儿们将给死去的成人
献上玫瑰。

如果今天还有寓言

1.

枯花，已经不叫花了。
哪有！　凝固的贵族艺术。

2.

把你像大提琴一样藏匿起来。
和你被送进警察署一样。

3.

狗的主人大踏步向前走时，
狗也意气风发。

4.

一个人就可以把石头劈成两半，

两个人则不行。

5.

指挥家总是在下面，
被调整的音乐则在上面。

6.

有一种透明且白的材料紧贴在鼻子与唇上
是避孕套还是口香糖真是费思量

7.

运动中的光线带动运动中的长发与脸
他（她）们显得急匆匆

8.

鱼缸反射出天上的闪电，
鱼儿担心它会爆炸。

9.

厨师头顶皇冠，一定是在他
孤身一人享受厕所的时候。

10.

大屁股的歌唱家，
她的声音往往直冲云霄。

奢侈最终引发困扰

他扮演了粗鲁的角色已毋庸置疑
他手扛一把大锤塑造了自己的形象
他砸烂了沙发砸大床砸烂了厨房砸浴缸
他以为自己的卧室里还有一枚太阳和月亮
又连续砸了好多天

摄像头

我个人的诗会
友人们来录像
我说你们不要推拉摇移
“只要你们做个摄像头。”
领头的导演问：
“老大，摄像头
装在进口还是出口？”
我烦了：“进口？
难道不是出口，难道
还有两个口？？”

摄影课

我有一个庸俗的朋友
和六个美女。
他说，“美丽缔造永恒”，
并让美女们找寻自己的位置。
一个美女站在了美的位置上
一个美女站在了丽的位置上
一个美女站在了缔的位置上
一个美女站在了造的位置上
一个美女站在了永的位置上
一个美女站在了恒的位置上。

他看了看，觉得有些欠缺
于是让缔和造
换了下位置。

谁都得摘下面具

比喻是这么一回事比如你说一只海豚
像黑雾也像混沌你已经够大胆了。

因为一只海豚在他想来怎么可能
像黑雾又像混沌。

身　份

有一辆小汽车停在田埂上
有一大批羊羔也散落在田野里

我不知道它们的关系
就像田野里的房屋和树
也是一种关系

狮子唱吧

1

亲爱的尼采
你说过吗：
如果一个人还只是一个学者，
那他就不是一个人，
还只是一个学者。

2

唱吧
用你的胸怀

她会敞开得
比嘴巴更大

3

必须看到

恶魔欣喜时
往往是仇恨的火焰
照得它的眼睛发亮

4

死吧，
纵使阳光
航行到你的额头
你的眼睛仍旧
预示着死亡

5

狮子也有
尴尬的时候
他们
拿着话筒
站成一排
右手扶住臀部
左手尽可能往上抬

6

仿佛椅子

仿佛一具身体

如果你能
看到它的欲望
同时又摆出了一个
想操的姿势

7

那么，为什么欲望
必须在“下面”？
难道它不是崇高的

有一些黑色的叶子
在身体里生长
到头来也是人模鬼样

8

埋葬在绿色里，
你已不抱有什么希望。
你的双眼失去着光明
即便人们把你
放在博物馆里

水利是农业的命脉

大树着火
我们往树根浇水
大山着火
我们往山谷引水

大地着火
我们往地下灌水
我们做错了什么
只因我们是愚蠢的
水利员

死权利

我想过脱离生活的生活。

脱离生活如同生活一样有好多种
但我只取一种。

先选定了郊外、山下、海边，再选定木头
而且是原木。

饰演原木并不如你所愿
我会要求像舞蹈

（舞蹈是脱离生活的一种，却必须在它
被制作成家具之前。）

送莫迪里阿尼一个题材

有一个女人
想了个办法对付豹子，她

戴上了虎头
穿上了虎的衣衫

她就是一头虎了
她可以与豹子交流
平等地与豹子在一起

豹子喜欢她的装束喜欢
她镶满全身的拉链
豹子知道，这只老虎什么都有
有酒精、有大麻
还有性

“人类一步一步地
迁徙到动物中来了，这究竟
是好事还是坏事？”

豹子决计
在没有想明白这一点之前
它不血淋淋。

它已被施以魔法

有一只猫和一群人合影，所有的人都散了

那一只猫还留在那里。

太阳烧焦了一切，远远看去他们都沉默不语

有一个光头的男人坐在一块大岩石前
有一个赤膊的男人坐在第二块大岩石前
有一个歪戴了太阳帽的男人
坐在第三块大岩石前

有一个光头的男人坐在一只木桶前
有一个赤膊的男人坐在第二只木桶前
有一个歪戴了太阳帽的男人
坐在第三只木桶前

有一个光头的男人坐在一个皮囊前
有一个赤膊的男人坐在第二个皮囊前
有一个歪戴了太阳帽的男人
坐在第三个皮囊前

天空永远不可能成为田野的镜子

我已经没有了思想深刻问题的能力。
我认真作了努力，的确

已经没有了。

听不明白

我住在一个螺旋桨上。人们听不明白。

螺旋桨住在一架螺旋桨飞机上。人们似乎听得明白。

我住在一个螺旋桨上，人们听不明白
听不明白我还是要住在一个螺旋桨上

听觉中的拼贴

所有人群的总和，没有我的手掌大。
即便人群中升起青烟抑或雾霾。
我的手指压着唱片，窒息，却比全部的窒息还要大得多。

听觉中的拼贴 2

我不相信这样的倾听，纵使你把全部的发辫都摔到岩石上。

白色席卷多大，空洞就铺展多大。

通过这些事物，足够地移动

我们都是骑着马来的。
一匹。二匹。三匹。四匹。五匹。六匹。
天上压着乌云。
乌云与远山间勾画着白线。
只有一匹白马。
只有它的。
只有它的眼。
只有它的眼睛。
只有它的眼睛流。
只有它的眼睛流着。
只有它的眼睛流着眼。
只有它的眼睛流着眼泪。

万　物

1

灯光
在天空飞行
它只普照万物
并不反射天空
这是它和阳光的区别

2

游轮交汇时
会相互鸣笛
车与车相遇
会相互致敬
狗与狗猫与猫
有条件的
就会抱在一起

3

人们

鼓掌、欢呼
都是模仿花儿的形状
而最优越的花儿
又在舞台中央

4

被荷叶
包裹的裸体
她会更快地
坠入到深水里

5

你的尊严在于
如何认识
螳螂？
蜻蜓？
甲壳虫？
蚕？
和
蚕豆？

6

漂亮女子

被抽象成几根线条了
人们惊讶
风暴中的风景

7

是的

从雪地里
走出来的女人
都像马
即便走到夏天
还像马

8

一条巨鲸
悬挂在空中
它与云彩对峙着
被太阳射得通体透明
它找到了另一种呼吸
并不急于回到海里

9

划吧

船像一条鲸

划吧
人像一条鲸

划吧
水更像一条鲸

10

我们越来越
离开西边
我们扎进隧道
当我们穿越时
却已一头掉入
更黑的暗里

我必须向光致敬

这不是向花致敬
也不是向春天致敬
在季节的选择上
我倾向选择冬天
这是雪的感觉
这是飞行的感觉
我选择冬天
就是向雪致敬
就是向飞行致敬
我的爷爷葬在佳木斯
葬于飞行之雪
葬于黑白之雪
我一辈子写诗
直到昨晚我才明白
我在向我爷爷致敬
这是我未见过的老头
这是我未见过却与我有关的
孤独的老头
我认定他一辈子没见过花
我认定他一辈子没经历过春天
在花中成长在春天中沉醉的
我哭了

然而一道光斩断了我的哭
我的无耻的哭
它不通过我的祖母
也不通过我的父亲
光说：“我不稀罕春天”
你向雪致敬吧
你向飞行致敬吧
飞行之雪是天地间的河流
是催动花蕾的精液
由于我母亲李医生的哺育
我成为一个诗人了
一个多牛逼的孙子啊
一个多牛逼的诗人啊
我必须向雪致敬
必须向飞行致敬
必须向光致敬
而一个没有沐浴过飞行之雪
黑白之雪的
南方的孙子
又何其庸俗
我总是想总是想把春天
她是与我爷爷失散的祖母
重新介绍给我的爷爷
我相信春天无论多么丑陋
也一定是我爷爷
他在北方的洗手间看到的
粗壮的清洁工

我不可能麻木这个将死之人

诗是个老人
你对他越照顾
你就对他越悲悯

而我，不。我要把他带进录像室
给他看无知的少女。他会说：
“天哪，多么漂亮的天使！”

而他也忘记了他年轻时
曾说她太堕落。

我尝试研究日常生活的琐碎性

下午也要睡觉了，而且
取了这么好的一个角度
阳光照在我的肚子上

梦还是在黑的地方做了
尽管它也并非十分寒冷

我的面前被拦了一条
黑线，黑线中间竖了
一只话筒。

就是说：我不能过去
但我能喊话

我就喊了。喊得撕心裂肺
梦里的人没有喊着
梦外来了慌乱的人

慌乱的人不是因我慌乱的
他们认为这个下午太奇怪

这个下午街道上突然多出了鸡

多出了狗多出了猫多出了
一些动物当然真奇怪

我说是我叫来的行了吧
我不想关怀伦敦东区
不谈文学艺术又怎样

张家口也要开奥运了
我们都欢迎这个下午

我从不停止描绘我的好奇

假如水果生长在人类的脑袋上，
那么人类才真正具备了多样性。
假如鲜花盛开在人类的脑袋上，
那么人类才真正具备了多样性。
假如舌头吐露在人类的脑袋上，
那么人类才真正具备了多样性。
可惜人类从不珍惜自己的脑袋。

我们赤着脚在做游戏

实际上
我不是一个有语感的人。
你把我的眼蒙上，
你搀扶了我的手，右手
往左边去
左边有一支蜡烛已被点上
左边还有一支蜡烛已被点上
左边还有第三支蜡烛已被点上。
我要去寻找光的温度，
要分辨出第一支
第二支
和第三支。

搀扶我的人眼睛明亮，
她嵌在黑色的影像中，
而我，背依她的胸脯。

我们二者的意图如何才能完美结合

我想写一个严肃的女人，但她
是裸体的。
我尝试着给她套上白色或黑色的衣衫。
穿上白的，她伸了一个长长的懒腰（手臂比哈欠还长）。
穿上黑的，她两手高举捂住双耳。
我无法描述她的
严肃。

我们要喝皇帝送来的丰收

他把她画成了燃烧的形状
因为他的心里在燃烧
他就把她画成了燃烧

他的眉毛在燃烧
她的眉毛就在燃烧
他的胸脯在燃烧
她的胸脯就在燃烧

她在土地上燃烧时是白色火焰
她在天空中燃烧时是黑色火焰

她身体的主要部分
是丰收的年景

我身边的女孩

我身边的女孩
她说她要写剧本
我说那你就写剧本
我身边的女孩
她说她要写剧本
我说女孩生来就该写剧本
“剧本是什么？”
我说剧本就是剧本
把对白集中到一起就是剧本
“你喜欢剧本吗？”
我说我喜欢一个英国女孩的剧本
萨拉·凯恩
她写的都是关于死亡的剧本
“为什么死亡就是好剧本？”
我说死亡是蜡像
是对白的一部分
“什么样的对白是好剧本？”
我说像狗一样发音
就是好剧本
“你摸着电门说话，喔喔喔喔
就是好剧本。”

我睡过大海

我睡过大海。
用我的身体，我的坚实
和我的性。
　　　“我睡过大海！”
　　　　　　　　　　　这是
我在炙热的阳光下以一个
封闭的北方人的口吻发出
的貌似已经征服了大海的
胡话。
有一个肥胖但结实也漂亮
的女人紧裹孔雀一样斑斓
的纱丽，她走过我的身旁
已形成挑衅。
我几乎全裸，覆盖在沙滩上。
接着，她也几乎全裸，覆盖在沙滩上。
这女人极其庸俗的美，
竟让我看成这就是太阳的美
蓝天的美，大海的美。
“我睡过大海！”
当密集的沙粒覆盖我的背部
我的腿我的臀我的手我的颈
我的呼吸的时候，

我没有感到一丝抒情
沉重聚集在我的下身
仿佛又一阵海浪呼啸
嘿咻嘹亮。

我玩列车的游戏玩不过

她已经看我看了很长时间了
虽然这是在列车上

我长久记得她看我的看
虽然这是在列车上

虽然列车不动虽然外部的景色也不动
（虽然）这是在列车上

我像个女神把手伸向天空

我在黑夜里召唤小鸟你别想偏了
这小鸟是长翅膀的那种
它沿着长长的道路跋涉而来
而这道路是在险峻的天上

我以为我的思考成色很高

钥匙有两把，挂在我的小姆指上。
假设已有二十年。

一把是开我们家门的，一把是开她们家门的。

一把是开大门的，一把是开小门的。

一把是开前门的，一把是开后门的。

钥匙只有两把，机会只有两次
你想明白了。我不仅把钥匙给你
我还奖励你到月球

我知道，保持爱情的轮廓很重要

我知道，保持爱情的轮廓很重要。
爱情是一喉结。它会蠕动。它会发出动物的声音

就像我对我的爱人说："只要。
只要你听到这样一个动物的声音。你就知道，它是我。"

我知道，保持批判的轮廓很重要。
我们看世界存有戒心，上帝看世界也有戒心。
尼采说："上帝死了。"上帝说："尼采死了。"偏偏
  我们不死
死亡并非都在阴暗的地方活着。

我知道，保持早晨的轮廓很重要。
地铁南来北往，早晨清新。傍晚运回的叫"尸体"而非
"身体"，人们被祖国又消费了一天。此刻地铁反复摩
  擦着
祖国的私处，却唤不起任何欣喜。老爷们累了

我知道，保持嫦娥的轮廓很重要。
她不拉屎。也不撒尿。她独享一樽月亮
她想上天就上天，她不在浴缸里读书，她还显得
纯洁无比。面对正经人的文化，北京人骂傻逼
南京人骂呆逼。

我作为东西存在已接近我母亲的年龄

“我将要写到霾”。“我必须写写霾了”。

一天中我反复模拟了这样的语气，似乎霾即将束手就擒。
什么时候我成了一个空气的专门家？ 我逝去的母亲
从来没有想到我必须有这样一种职业。

那么，也就算了。

乌鸦不会被视为神明

我们不会
把乌鸦定为国鸟
如果可能它就会
挂在墙面
端坐客厅
伫立于各种庄严的地方
它会黑得坚强
白得纯洁
它的歌声都由
伟大的儿女演唱

无法安慰如此绝望的爱情

我将我的眼泪
哭到了画框外
由于我的眼泪
经过我的衣襟时
我的黑色的衣襟
这黑色的泪水
已经一丝丝
一缕缕
一根根
刷满了白色的墙

一个
唯一在嘴唇上染着红的
黑色的妞
哭死了。

下午的阳光带着阴影

“她的忧伤要比他沉重些，所以
她的头颅要画得更低。”

老师在画室中对我的教育，今天我悟到了它的意义。

浅予失恋了，她在微博上发出了
10 个忧伤加在一起的短诗。

我的确看到了她的忧伤，她的忧伤
使得她更具优势的身高
突然比杨黎矮了许多。

先锋派

如果我
没有了双腿，我
怎么办

还一副兴高采烈的样子
在地上走，在街道上走
还要像绅士一样为
漂亮的女士
让路

如果我没有了双腿
那我就应该在天上飞
但这并不优雅，虽然

我想像了我的
领带，它是一个风向标
虽然我想像了
它被阳光牵引

如果我
没有了双腿，实际上
就是一倒霉蛋
旅行箱不跟随我了

鞋也不跟随我了

那么，我就会在
上半身做文章：
我把头发染成桔色
它显得很炫
我为胸脯充满了气体
它也显得，什么

我故意撇下人类，人类
也大人不计小人过，明白
这是我愤怒的结果

我下了地狱
我练举重
我的肌肉明显
更强健了
我上了蓝天
我练游泳
这个游泳池
比你看到的
所有大海
还高

如果我
没有了双腿，我就坐在小船上
兴高采烈地等着
明天的死。

相信未来不会错

我认识一只狗
它遭遇悲伤的时候
便仰望着北斗群星
把眼泪忍了又忍

写 死

绳子在老远处你捆绑不了他

他在老远处也抓不了绳子

黑白两世界
各自善哉。

写死 2

天空中有块布
它直至铺到地面

世界小到
就是一个舞台口
幕布大到
铺满全世界

人们往幕布上爬
彩色的只能
爬到三米高，黑色的
爬了有六米了

还　没
　滚
下　来

写死 3

老韩写诗图吉利，老杨点评偏偏向死之作。他俩的游戏乃马与骆驼之争，我都不信。上帝的确在上，牵骆驼前往的不急；骑马的路途却更遥远。

穴 居

离开北京不远就是草原，但在我去到之前
我并不这样认为。

有另外两个女孩也不这样认为。

为了证明草原的广阔
老高把车开得飞快，而且表明
花上 1、2 天也走不出去

而两个（长着女人臀部的）
女孩，一路上
只要遇到灯柱或木梯。她们
就会爬上去
看看最远的视线
有没有草原

每当她们恶作剧的时候
正好，也是我一泡尿憋到了的
时候。

阳光变得越来越大

和一个塑像战斗我也假想了鱼刺穿胸
它的无所畏惧让你倒吸凉气，倒吸一口
也就罢了，投影则被摔得老远

一个还在瑞典，一个已到挪威

1

一个人
飞了
他就晕

另一个人
飞了
还想飞

如果两个人
一起飞
一个还在瑞典
一个已到
挪威

2

用一束光
把你卷走

用一束光
把你带走

用一束光
把你拉走

用一束光
攥紧你的欲望

3

我们经常看到
半截的女人

微笑是半截

丰满是半截

裸体是半截

想法是半截

4

从玻璃上

爬下的蜘蛛

从玻璃上
爬上的蜘蛛人

都透明得
像一滴滴尿液

5

哭吧

哭你的眼睛

哭你的嘴巴

哭你的舌头

哭你的小鸡鸡

最后才哭你的鼻子

6

在纸上

你能读到衣服

在衣服上
你能读到纸的文字

7

靠近水手时
才更靠近欧洲

靠近海妖时
才更靠近欧洲

靠近天堂时
才更靠近欧洲

靠近死亡时
才更靠近欧洲

一个事件

这是在年初一，哪年的
年初一，不记得了
但像今天一样，我把车开上了

西山。就看见了一只大鸟

大鸟从天上往地上飞来
越是往近处飞，就越是显示了
它的大。

鸟的前面有个女子
牛仔裤、白衬衫，我喜欢的那种
她独自一人往前走去
在我看来就越来越小

我想看到鸟和女子的相遇果真
就相遇了。
我想看到鸟和女子互相
拥抱对方的小脑袋
却没有。

我下了山，告诉我的爱人。

“尔后呢？”她问

我说“尔后，鸟只衔了女子的白衬衫

走了。”“尔后，我也下了山。”

一首诗在写作中改变了方向

污泥浊水的脸每天掉落一块
眼睛美得令人心疼鼻子美得也令人心疼
嘴唇微启着想要说话这女子尽管笼罩了
污泥浊水，我还是想偷偷地吻吻她

已经死亡的心灵

有一盏灯
是永恒的
有一盏灯
是圆的
有一盏灯
漆黑
有一盏灯
她试图照亮
我心

艺术家说菜谱的创作过程中寻找黑色的食材是个难点为此我也郑重想了好几天

有一些人一辈子与刀打交道

实际上他就是个切蔬菜的。

阴影的确放大了许多

早晨起来
我发现自己大了
我迎着阳光
想发出“嚯”的一声
又怕听见的人
说我神经病

有何诱惑胜过这黑夜

她告诉了我她的梦。
她躺成了一块白布，时钟已转完
男人站在门口比门还高
她的内心扑通地跳着
像打着初恋的皮球

脏话结束世界

如果遇上海市蜃楼，人们就会狂欢。
欢狂解决迷幻。

骷髅收拾了脸面，认真迎接早晨的胴体
胸乳率先抵达。即便着装的人群
每件衣衫都比昨晚干净

男人们见了面，也接个吻
只是短兵相接，不必调适体位

一切皆有形式感。全裸和半裸的人民
都在扑朔迷离中穿越沙漠，勇敢极了

乌云不翻滚，却像深秋的棉被
让人想念大床，又
想念大床。

座椅不动，车轮前行。有许多类似的哲学
布满了明亮的生活和可恶的梦
你讨厌装逼的人我也讨厌
他们高擎雨伞，而乌云

永远都不会化作一坨屎。

早期工人阶级的家教

“儿子
套在我颈脖的绳索，
早已系上你幼小
的枝桠；

我要勤勉地为你浇水，
加上你的妈妈；

我要你
快快长高又长大
终究有一天你会
将我们悬挂。”

这朵花堪比早年的勋章

老男人其实不好玩。
他自大到以为宽大的胸怀就是广场。

小女人装腔作势地
依靠在他的身上，手上拿着

一朵花。

（老男人长久沉醉
直至广场上的天，黑了一半）

支　配

设置了 4 个环节和
2 个道具

我很少关注偶数，但就设置了
4 个环节和 2 个道具

为何如此具象？
你一定在关注这个世界的关系”
“是的，我在关注关系”

我刚才认真说了：
你稍稍一下，就是伤害我
世界纵使挥舞了大棒，也不伤害我

我把爱，搬到了舞台上
搬到面前，这才有了
4 个环节和
2 个道具

汽车开到山坡上
奶牛来到平原
我为爱预设了绿色

背景上，我还可以安排上
雪山、塔松、小木屋

呵呵，我是黑色的导演啊，
但今天，我剃去了胡须，我就能把诗
写得抽象些

只给了你 2 个道具
必须经过 4 个环节
“你要恋爱就必须要谈”
“你要恋爱就必须要谈”

音乐一响
你就得上场了。
不管你是否已记熟了
4 个环节，你上了场你就得使用
第 1 个道具。

只是，舞场中央慢慢积聚起黑色的水

死亡与希望
有什么区别
她们都是一个舞者
她们都穿着紧身的黑衣
她们的周围
有同样鲜艳的红
有同样鲜艳的蓝
有同样鲜艳的黄
即便是骷髅
也像美少女般鲜艳的
开放。只是

舞场中央慢慢积聚起黑色的水。

只有一个女人叼着烟

两个男人背靠背在一起
（花衬衫和西装）

一个男人与一个女人背靠背在一起
（肌肉男和时装女）

两个女人背靠背在一起
（白丝袜和假发）

两个男人背靠背在一起
（花衬衫和肌肉男）

一个男人与一个女人背靠背在一起
（西装和白丝袜）

两个女人背靠背在一起
（时装女和假发）

两个男人背靠背在一起
（西装和肌肉男）

一个男人与一个女人背靠背在一起

（花衬衫和假发）

两个女人背靠背在一起
（时装女和白丝袜）

我只因无聊，把他们的组合排了好多遍
却仍有遗漏。

致久石让

有没有一包火焰
是黑色的？
它从身体的内部
往上烧或者说往上爬
它不知道恐慌
它矜持得如同一个指挥家
指挥着音乐
而它知道恐慌的时候
它开始往外跑
它带着乐队往外跑
一窝蜂往外跑
而就这样一窝蜂往外跑的时候
它偏偏跑进了
疯狂燃烧着的
白色的火焰

猪全睡了

猪全睡了
在高速公路的
平板车上
猪全睡了
不认识的朋友们
睡在了一起
这是甜美的时刻
彼此可以听见
不同的梦话
而去到南京
还是上海
与他们都没有了关系

只有一只哭瞎了眼睛的
母猪想：
“我要在深夜前赶到那里。”

自己的死期

我能握紧住什么　牛
牛能握紧住什么　阳光
阳光能握紧住什么　天边
天边能握紧住什么
死期，长着一颗漆黑的心

左右各五六种选择

我唯独在写诗的时候清醒我的天
我惊讶我的独行已越来越远我的天
我想走出来画十二种颜色的道路我的天
我走的却还是黑色的一条我的天

图书在版编目（CIP）数据

在公众 / 周亚平著. — 南京：江苏凤凰文艺出版社，2014
ISBN 978-7-5399-7842-0

Ⅰ. ①在… Ⅱ. ①周… Ⅲ. ①诗集－中国－当代
Ⅳ. ①I227

中国版本图书馆 CIP 数据核字(2014)第 254976 号

书　　名	在公众
著　　者	周亚平
责任编辑	于奎潮　王娱瑶
责任校对	蓝　潮
出版发行	凤凰出版传媒股份有限公司 江苏凤凰文艺出版社
出版社地址	南京市中央路 165 号，邮编：210009
出版社网址	http://www.jswenyi.com
经　　销	凤凰出版传媒股份有限公司
印　　刷	南京爱德印刷有限公司
开　　本	880×1230 毫米　1/32
印　　张	6.375
字　　数	130 千字
版　　次	2014 年 9 月第 1 版　2014 年 9 月第 1 次印刷
标准书号	ISBN　978-7-5399-7842-0
定　　价	35.00 元